CATÉCHISME

DES

INDUSTRIELS.

———

QUATRIÈME CAHIER.

DE L'IMPRIMERIE DE SÉTIER,

Cour des Fontaines, n° 7, à Paris.

AVANT-PROPOS.

Ce quatrième cahier sera divisé en deux parties, et il présentera cela de remarquable, que les deux parties dont il sera composé, auront un caractère bien distinct, quoique les mêmes idées soient exposées dans l'une et dans l'autre.

Dans la première partie, nous ne nous adresserons qu'à la seule raison; nous exposerons le système d'organisation sociale réclamé par l'état des lumières et par les progrès de la civilisation; nous mettrons en évidence cette vérité qui doit servir de base à toute la politique actuelle : *les intérêts généraux de la société, tant sous les rapports physiques que sous les rapports moraux, doivent être dirigés par les hommes dont les capacités sont de l'utilité la plus générale et la plus positive.*

15

Dans la seconde partie, nous essaierons de faire entrer en activité les passions généreuses des hommes qui possèdent les capacités les plus positives. Nous ferons tous nos efforts pour diriger leurs travaux vers le plus grand but d'utilité publique qui puisse être conçu, celui de faire entrer dans leurs mains la haute direction de la société; c'est-à-dire, nous tâcherons de passionner les hommes les plus capables pour leurs intérêts particuliers, ce moyen nous paraissant le meilleur pour obtenir des résultats avantageux au bien public, attendu que les intérêts particuliers des hommes les plus capables sont ceux qui peuvent servir le mieux les intérêts généraux.

Nous croyons devoir joindre à cette annonce un aperçu des idées qui seront exposées dans ce cahier, et des raisons qui nous ont déterminés à discuter ces idées de deux manières différentes.

L'esclavage qui a pesé tant de siècles sur la classe industrielle, c'est-à-dire, sur l'immense majorité de la nation, n'a encore été complètement anéanti qu'en France. C'est seulement depuis la révolution, et par l'effet de la révolution, que ses derniers restes ont disparu; et ce n'est par conséquent que depuis cette époque, et en France seulement, qu'il est devenu possible de travailler à l'établissement d'une organisation sociale, ayant directement pour objet l'amélioration du sort de la majorité. Car jusqu'à l'entière abolition de l'esclavage, la politique n'a pu employer que des moyens indirects pour atteindre à ce grand but.

D. Quoique vous ne présentiez dans cet avant-propos vos idées que par aperçu, il est indispensable que vous constatiez, au moins par aperçu, l'exactitude des faits qui servent de base à vos opinions.

Montrez-nous que c'est seulement en France, et par l'effet de la révolution, que les restes de l'esclavage ont été complètement anéantis. Beaucoup de personnes pensent, en opposition avec ce que vous avancez, que l'esclavage était anéanti en France long-temps avant la révolution; et un plus grand nombre imagine que les Etats-Unis d'Amérique avaient effectué chez eux cette grande amélioration, avant que la nation française eût commencé sa révolution.

R. En 1789, au moment que la révolution a éclaté, il y avait encore en Franche-Comté et sur plusieurs autres points du territoire français, des main-mortables; ainsi l'esclavage existait encore dans un état de grande crudité à l'égard d'une partie de la nation; le corps entier de la nation supportait, à cette époque, des restes d'esclavage, puisque l'ancien axiome féodal *point de terre sans seigneur,* était encore admis, et qu'il ne fut entièrement aboli que dans la célèbre nuit du 4 août; puisque l'immense majorité de la nation était encore, suivant l'aimable expression de la noblesse, *taillable et corvéable à merci.*

Quant aux Etats-Unis d'Amérique, l'es-

clavage des Nègres subsiste encore dans la
Virginie et dans les autres États méridio-
naux, et il existe dans les États septentrio-
naux une classe nombreuse d'hommes qu'on
appelle engagés, et qui se trouvent, pendant la durée de leurs engagemens, dans
un véritable esclavage; ceux qui les ont
achetés des capitaines qui les ont amenés
d'Europe, ayant le droit de les vendre pour
le temps de leur engagement.

D. *Si vous désirez donner au lecteur
par cet avant-propos une idée précise
des opinions que vous produirez dans le
cahier, il est nécessaire que vous éclair-
cissiez plusieurs autres points; par
exemple celui-ci :*

*Vous prétendez que l'anéantissement
de quelques légers restes d'esclavage
qui subsistaient encore en 1789, doit déterminer un changement radical dans
l'organisation sociale. Votre opinion à
cet égard a grand besoin d'être motivée,
car l'expérience des siècles prouve que
les améliorations dans l'organisation*

sociale ne se sont opérées que graduelle-
ment, successivement, et très-lentement.
On a vu l'esclavage devenir de moins en
moins rigoureux à mesure que les lu-
mières ont fait des progrès ; on a vu le
système d'organisation sociale se perfec-
tionner à mesure que l'esclavage est de-
venu moins rigoureux. Quelques légers
restes d'esclavage subsistaient encore en
1789, la révolution les a anéantis : il doit
certainement en résulter un perfection-
nement dans l'organisation sociale ; mais
nous ne voyons point de raison pour que
ce changement soit radical ; nous ne con-
cevons point pourquoi la politique qui a
précédé cet événement se trouverait sé-
parée de celle qui le suivra par une li-
gne de démarcation fortement tracée.

R. Si on observe la manière dont se dé-
veloppent les individus de l'espèce humaine,
au moral et au physique, depuis leur naissance jusqu'à leur virilité, on reconnaît que
leur développement s'opère de deux manières différentes, et qui concourent cepen-

dant vers un but commun, celui du plus grand perfectionnement de leurs forces morales et physiques dont leur organisation soit susceptible.

Depuis la naissance des individus, jusqu'à l'époque de leur virilité, il s'effectue en eux un perfectionnement du moral et du physique, qui est graduel et continu, mais qui est très-lent.

Ils éprouvent aussi plusieurs crises qui déterminent en eux des progrès généraux et très-rapides.

L'âge de sept ans est signalé chez eux par une crise de dentition, à la suite de laquelle leurs facultés sentimentales, et leur capacité en mémoire, prennent un accroissement subit.

Vers l'âge de quatorze ans, les passions tendantes à s'affranchir de la dépendance à l'égard des parens, et à former des liaisons de son choix, s'enflamment dans l'individu, en même temps qu'il acquiert la faculté de produire son semblable.

A vingt et un ans, l'homme, parvenu au

développement complet de ses forces morales et physiques, acquiert le caractère qui
est propre à son individu; ses facultés se
coordonnent et se dirigent vers le but qui
attrait le plus spécialement son organisation
particulière.

Si on observe ensuite les lois et les usages
que la société a établis pour régler sa conduite
à l'égard des enfans, depuis leur naissance
jusqu'à leur vingt et unième année, on voit
que les législateurs ont reconnu l'existence
et les effets des trois crises dont nous venons
de parler, et qu'ils ont proportionné les
droits qu'ils ont accordés à la génération
ascendante, d'après l'opinion qu'ils ont
conçue du développement intellectuel
qu'elle devait acquérir à sept, à quatorze et
à vingt et un ans.

Et il est de fait qu'ils ont déclaré les enfans au-dessous de sept ans incapables de
commettre de péchés, c'est-à-dire, incapables
de régler eux-mêmes leur conduite, et par
conséquent de commettre des fautes dont

ils fussent responsables, et qui fussent jus-
ticiables des lois divines ou humaines; ils
ont, en conséquence, construit la loi de
manière que ses dispositions relatives aux
enfans, n'ayant pas atteint leur septième
année, n'ont pour objet que d'établir une
surveillance générale de la société sur la
conduite de leurs protecteurs naturels, et
les moyens de pouvoir les remplacer quand
ils venaient à leur manquer.

Les législateurs n'ont soumis qu'à des
punitions correctionnelles les enfans jusqu'à
l'âge de quatorze ans, quelque graves que
fussent les fautes qu'ils vinssent à commettre; et ils les ont admis seulement à l'éman-
cipation, dans le cas où ils auraient perdu
leurs parens.

C'est à l'âge de vingt et un ans qu'ils ont
fixé la majorité, comme étant l'époque à laquelle les individus ont, en général, acquis
un développement d'intelligence suffisant,
et une capacité de prévoyance assez étendue
pour que les intérêts généraux de la société

n'exigent plus qu'ils soient soumis à une surveillance particulière.

Si, à la suite de cette classe d'observations, l'on examine les usages admis par l'université, relativement à l'éducation et à l'instruction publique, on reconnaît qu'ils cadrent très-exactement avec les dispositions législatives dont nous venons de parler.

L'instruction publique des enfans ne commence pas avant l'âge de sept ans.

Depuis sept ans jusqu'à quatorze, l'éducation joue un rôle plus important que l'instruction, c'est-à-dire, les surveillans de la conduite des enfans, pendant ce laps de temps, exercent dans les pensions et dans les colléges une plus grande influence sur eux, que les professeurs dont ils reçoivent l'instruction.

Depuis quatorze jusqu'à vingt et un ans, l'influence des professeurs sur les éleves est beaucoup plus grande que celle exercée sur eux par leurs surveillans.

Et à vingt et un ans ceux qui continuent

à suivre des cours au collége de France ou dans d'autres établissemens d'instruction publique, se trouvent débarrassés de toute espèce de surveillance.

Enfin, si l'on observe le degré de développement intellectuel auquel se trouve aujourd'hui parvenue la nation française (qui s'est placée, par sa révolution, en tête de l'espèce humaine sous le rapport de la civilisation), on reconnaît qu'elle a subi sa troisième crise, et que son âge social actuel correspond à celui de vingt et un ans pour les individus; on reconnaît aussi qu'elle a proclamé sa majorité dans la nuit du 4 août, en abolissant toutes les institutions dérivées de l'état d'esclavage, qui avait été la situation primitive de la classe industrielle, c'est-à-dire, du corps de la nation.

Et après cela, si on veut produire une conclusion, on combinera ensemble les observations de différentes espèces que nous venons de présenter, on les méditera, et on en tirera nécessairement la conséquence suivante.

Le peuple français, étant parvenu à sa majorité comme nation, par l'effet des progrès de son intelligence, il doit en résulter un changement radical dans son organisation sociale.

Parvenu au point de vue le plus élevé qui puisse se rencontrer sur la route de la civilisation, en suivant le sentier que nous venons de tracer, le philosophe découvrira d'une part le passé le plus reculé, de l'autre l'avenir le plus éloigné; il apercevra dans le fond du tableau la formation de l'esclavage, institution philanthropique pour l'époque de son établissement, puisqu'elle a sauvé la vie à des milliards d'hommes; puisque nous lui devons l'immense population à laquelle est parvenue l'espèce humaine, puisqu'elle a été favorable aux progrès des lumières, en fournissant le moyen à la classe des maîtres de s'occuper du développement de leur intelligence; ce qu'ils n'auraient pu faire sans l'établissement de l'esclavage, puisque leur temps et leurs forces auraient été occupés par les travaux nécessaires pour satisfaire leurs premiers besoins. Il considérera ensuite, avec une vive satisfaction, en suivant de l'œil cette partie de la route jusqu'au point où il se trouvera placé, l'adoucissement de l'esclavage, le progrès des lumières, l'amélioration graduelle du sort de l'espèce humaine, et enfin, chez la nation française qui forme aujourd'hui son avant garde, l'anéantissement complet de l'esclavage et l'aptitude à recevoir une organisation sociale, ayant directement le bien de la majorité pour objet.

Se tournant ensuite du côté de l'avenir, il apercevra, dès les premiers pas à faire sur la route de la civilisation, la formation de trois grands professorats, ayant pour objet l'enseignement des principaux élémens de la science sociale, savoir :

Une chaire, ou plutôt des chaires assez multipliées en France, pour enseigner aux industriels de tous les genres et de tous les degrés d'importance, la conduite politique et industrielle qu'ils doivent tenir pour leur bien personnel et pour la plus grande satisfaction de leur classe, ainsi que pour développer en eux un grand sentiment de dignité, en leur apprenant que leur classe étant celle qui possède la plus grande capacité en administration, ce sont les plus importans d'entre eux qui doivent être chargés de diriger la haute administration de la fortune publique.

Une chaire de morale où on enseignera comment chaque individu, dans quelque position sociale qu'il se trouve, peut combiner son intérêt particulier avec le bien général, et dont les professeurs feront sentir à leurs auditeurs que l'homme se soumet volontairement au plus grand mal moral dont il puisse être affligé, quand il cherche son bien-être personnel dans une direction qu'il sait être nuisible à la société; tandis qu'il s'élève au plus haut degré de jouissance auquel il puisse atteindre, quand il travaille à l'amélioration de son sort personnel dans une direction qu'il sent clairement être utile à la majorité.

Une chaire de sciences positives, dans laquelle on enseignera les moyens généraux de modifier, de la manière la plus avantageuse pour l'homme, les phénomènes de la nature sur lesquels il peut exercer son influence, et dans laquelle on enseignera aussi comment chaque individu peut combiner son intérêt particulier avec l'intérêt général, et le grand avantage qui résulte pour chacun de bien faire cette combinaison.

De ce point de vue, le philosophe, à chaque coup d'œil alternatif qu'il donnera sur le passé et sur l'avenir, apercevra de plus en plus, des différences tranchées entre l'existence sociale de nos devanciers et celle de nos successeurs; il reconnaîtra que chez nos devanciers, le premier degré d'importance sociale était accordé à la naissance, à la faveur et à la capacité de gouverner, et en se retournant du côté de l'avenir, il apercevra l'importance sociale obtenue par la plus grande capacité en morale, en science ou en industrie.

16

En regardant les peuples en masse dans
le passé, il les verra luttant entre eux à
main armée : en les considérant dans l'avenir, il les verra rivalisant entre eux sous les
trois grands rapports de la morale, de la
science et de l'industrie.

Jusqu'à ce jour, les hommes ont marché
dans la route de la civilisation à reculons,
du côté de l'avenir; ils ont eu habituelle-
ment la vue fixée sur le passé et ils n'ont
donné à l'avenir que des coups d'œil très-
rares et très-superficiels. Aujourd'hui que
l'esclavage est anéanti, c'est sur l'avenir que
l'homme doit principalement fixer son
attention.

L'action de gouverner a dû être, jusqu'à
l'anéantissement de l'esclavage, l'action
prépondérante; aujourd'hui, et de plus en
plus, elle ne doit plus être qu'une action
subalterne.

Voilà l'indication la plus claire que nous
puissions donner en peu de mots des idées
les plus générales que nous développerons,

que nous discuterons, et que nous préciserons dans ce cahier.

Il nous reste maintenant à expliquer, mieux que nous n'avons pu le faire en tête de cet avant-propos, en quoi différera la manière dont nous exposerons ces idées dans la première et dans la seconde partie de ce cahier.

Prospectus de la première partie.

Nous récapitulons les progrès de la civilisation depuis Socrate jusqu'à ce jour.

En résumant cette récapitulation, nous trouvons et nous prouvons que l'adoption du plan d'organisation sociale que nous avons esquissé dans cet avant-propos, est une suite naturelle et une conséquence forcée des précédens de notre civilisation depuis vingt-quatre siècles.

Nous examinons ensuite la manière dont il doit être procédé à l'établissement de cette nouvelle organisation sociale, et nous traçons clairement la marche qui doit être suivie pour effectuer ce changement radical, sans que la tranquillité puisse être troublée un seul instant, sans même que le gouvernement ni le public puisse concevoir la moindre inquiétude à cet égard.

Enfin nous mettons en évidence cette vérité importante, qui résulte de la manière dont nous avons combiné la transition ; c'est que l'établissement de la nouvelle organisation sociale ne se trouve en contravention avec aucune des dispositions de la Charte, et que, loin de nuire à la royauté, elle en rendra l'existence plus brillante, plus importante et plus satisfaisante pour nos rois, tout en les mettant à l'abri des nombreux dangers auxquels ils ont été exposés, et des malheurs qui leur sont arrivés par l'effet des imperfections qui se sont trouvées dans la manière dont la royauté a été constituée jusqu'à ce jour.

Prospectus de la seconde partie de ce cahier.

Nous nous adressons d'abord aux hommes les plus distingués dans les capacités les plus générales et les plus positives, pour leur dire :

Messieurs les industriels, les moralistes et les savans, depuis que la nation a proclamé sa majorité en anéantissant complètement les restes de l'esclavage, ses intérêts moraux et physiques doivent être dirigés par les hommes les plus capables ; c'est-à-dire, ils doivent être dirigés par vous, et la capacité de gouverner ne doit plus exercer qu'une action secondaire dans l'organisation sociale : cependant les choses restent encore à peu près sur l'ancien pied. Le nombre des fonctionnaires publics est immense, les sommes qu'ils coûtent à la nation sont énormes ; partie de ces fonctionnaires ne doivent les places lucratives qu'ils occupent qu'à la considération que le gouvernement continue à accorder à la naissance, et l'autre partie ne doit son avancement qu'à l'opinion favorable que le gouvernement conçoit de leur capacité pour gouverner. D'où peut provenir, messieurs, le retard que la société éprouve dans l'allégement qu'elle pourrait obtenir?

Ce retard, dans l'amélioration de notre existence sociale, provient évidemment de vous, de votre apathie en politique. Réveillez-vous donc! tant que vous ne vous montrerez pas disposés à exercer les nouveaux droits, et à remplir les nouveaux devoirs qui résultent pour vous du fait que la nation est devenue majeure, nous ne profiterons point des avantages que l'état présent, que nos lumières et notre civilisation peuvent nous procurer.

C'est à vous, Messieurs les industriels les plus importans, à dire comment vous comptez administrer la fortune publique quand vous serez chargés de ce soin, et à prouver à la reine du monde, c'est-à-dire à l'opinion publique, que vous l'administrerez d'une manière beaucoup plus profitable pour la majorité de la nation qu'elle ne l'a été jusqu'à ce jour.

C'est à vous, Messieurs les moralistes, à prouver que le principe fondamental de la morale divine, *ne faites pas à autrui ce que vous ne voudriez pas qu'il vous fît*, est susceptible d'applications tout-à-fait neuves et infiniment plus précises depuis que les progrès des lumières ont permis d'anéantir complètement les restes de l'esclavage.

C'est à vous, Messieurs les savans, à présenter des idées claires sur la manière dont les intérêts particuliers peuvent se combiner avec les intérêts généraux, et à tracer un plan d'instruction publique tel, que les connaissances positives acquises soient répandues le plus promptement possible dans toutes les classes de la société et dans tous les rangs.

Et en nous adressant séparément, ainsi que nous venons de le faire, à chacune de ces grandes capacités positives, nous dirons clairement :

Aux industriels, les principes fondamentaux d'après lesquels ils doivent administrer la fortune publique ;

Aux savans, la manière dont ils doivent s'y prendre pour établir une bonne combinaison des intérêts particuliers avec l'intérêt général ;

Aux moralistes, les conséquences qu'ils doivent tirer dans les circonstances actuelles du principe de morale divine, *ne faites pas à autrui ce que vous ne voudriez pas qu'il vous fît*, principe qui doit régler la marche de la société plus qu'il ne l'a jamais fait jusqu'à ce jour, attendu qu'il n'a pu être appliqué aux rapports entre les gouvernans et les gouvernés, entre ceux qui font la loi et ceux qui y sont soumis, sans l'avoir fait que d'une manière très-indirecte, tant que le progrès des lumières n'est pas parvenu au point nécessaire pour permettre l'entier anéantissement de l'esclavage.

CATÉCHISME

DES INDUSTRIELS.

QUATRIÈME CAHIER.

PREMIÈRE PARTIE.

D. *Allons-nous continuer l'examen que
nous avions commencé dans le second cahier?
allons-nous poursuivre la discussion entamée
jusqu'à ce point que nous ayons complètement
éclairci nos idées et arrêté notre opinion sur
cette question importante?*

*Les Français doivent-ils imiter les Anglais
en politique? Doivent-ils établir chez eux l'organisation sociale qui a été adoptée dans la
Grande-Bretagne, ou bien doivent-ils, de pré-
férence, suivre vos conseils, établir chez eux
le régime industriel dans toute sa pureté, et
s'occuper, pour première mesure politique,
d'obtenir du Roi qu'il veuille bien confier aux
industriels les plus importans, le soin de*

faire le projet de budget, et qu'il veuille bien aussi déclarer que la classe industrielle forme la première classe de ses sujets.

R. Nous terminerons plus tard la discussion que vous venez de rappeler ; notre séance d'aujourd'hui sera consacrée à l'exposition du but général de notre entreprise et à l'examen des principes fondamentaux de notre système.

Notre entreprise a pour objet de déterminer S. M. à placer la haute direction des affaires publiques, savoir : pour les finances, dans les mains des industriels les plus importans ; et, pour toutes les affaires qui ne sont pas financières ou administratives, dans celles des savans les plus capables.

Or, pour atteindre à ce but, nous avons trois choses à faire :

1°. Exposer clairement aux industriels les moyens qu'ils doivent employer pour obtenir du Roi que S. M. veuille bien confier aux plus importans d'entre eux le soin de faire le projet du budget ;

2°. Faire connaître aux savans la manière dont ils doivent s'y prendre pour obtenir de S. M. que les plus capables d'entre eux soient chargés du soin de diriger l'éducation publique et les autres intérêts moraux de la société ;

3°. Enfin, indiquer aux industriels et aux

savans les bases de l'association qu'ils doivent former pour atteindre au double but; que les industriels les plus importans soient chargés de faire le projet de budget, et que les savans les plus capables soient investis de la direction de l'éducation publique et des autres intérêts moraux de la société.

Dans nos deux premières livraisons, nous nous sommes occupés de donner des conseils aux industriels, 1°. relativement à la marche qu'ils devaient suivre pour atteindre au but indiqué ci-dessus;

2°. Nous leur avons indiqué la manière dont ils devaient s'y prendre pour combiner leurs forces et leurs capacités politiques avec celles des savans. Dans cette quatrième livraison, c'est directement aux savans que nous allons nous adresser.

D. *Vous auriez dû vous adresser d'abord aux savans, cela était plus naturel, cela aurait été plus méthodique.*

R. Les savans rendent des services très-importans à la classe industrielle; mais ils reçoivent d'elle des services bien plus importans encore, ils en reçoivent *l'existence;* c'est la classe industrielle qui satisfait leurs premiers besoins, ainsi que leurs goûts physiques de tous les genres; c'est elle qui leur fournit tous les instrumens qui peuvent leur être utiles pour l'exécution de leurs travaux.

La classe industrielle est la classe fondamentale, la classe nourricière de toute la société, celle sans laquelle aucune autre ne pourrait subsister : ainsi elle a le droit de dire aux savans, et à plus forte raison à tous les autres non industriels, nous ne voulons vous nourrir, vous loger, vous vêtir et satisfaire en général vos goûts physiques qu'à telle condition.

Votre observation nous a produit un effet diamétralement opposé à celui que vous désiriez, elle nous fait prendre le parti de ne pas nous adresser du tout aux savans, ou plutôt elle nous détermine à ne nous adresser aux savans que comme à une classe secondaire.

D. Quoique vous n'adoptiez pas notre observation, elle vous aura rendu un service très-important, celui de donner plus de fermeté à votre opinion et une grande clarté au principe qui servira de base à votre système politique.

Vous allez donc nous dire à quelle condition vous pensez que les industriels doivent consentir à nourrir les savans et à satisfaire tous leurs goûts physiques.

R. Nous allons vous dire la manière dont les savans doivent s'organiser, et la direction qu'ils doivent donner à leurs travaux pour employer de la manière la plus utile aux industriels l'existence qu'ils reçoivent d'eux.

Les savans les plus capables doivent se séparer en deux classes, c'est-à-dire, former deux académies séparées; une de ces académies doit se proposer pour but général dans ses travaux de faire le meilleur code des intérêts, et l'autre celui de perfectionner le code des sentimens dont le célèbre Platon a établi les principes qui ont été appliqués et développés par les pères de l'église.

Louis XIV a fondé une de ces académies, celle des sciences physiques et mathématiques; cette académie a déjà beaucoup contribué au perfectionnement des observations et des raisonnemens; quelques légères additions suffiraient pour mettre cette académie en mesure d'établir le code des intérêts (1).

L'autre académie, celle dont les travaux doivent avoir pour but le perfectionnement du code des sentimens, a eu pendant quelque temps un léger commencement d'existence sous le titre de classe des sciences morales et politiques.

---

(1) L'addition la plus importante à faire à l'Académie des sciences serait celle d'une classe de savans en économie politique.

L'établissement de cette académie serait tout
aussi utile que l'a été celui de l'académie des
sciences; il serait même plus utile dans les circonstances actuelles, attendu que depuis douze
cents ans, époque à laquelle les Arabes ont commencé à cultiver les sciences d'observations
ainsi que les mathématiques, l'étude de la morale a été de plus en plus négligée, et que cette
branche de nos connaissances se trouve aujour-
d'hui très en arrière de celle relative aux différentes parties de la physique et des mathématiques (1).

L'académie des sciences morales doit se composer de moralistes, de théologiens, de légistes (2), des poëtes, des peintres, des sculpteurs
et des musiciens les plus distingués.

---

(1) La société sent tellement le besoin qu'elle a de l'établissement d'une académie de morale, que le gouvernement ne s'occupant point de satisfaire ses désirs raisonna-
bles à cet égard, elle s'efforce de les satisfaire elle-même
autant qu'il lui est possible. C'est ce sentiment qui a déter-
miné la formation de la société libre de la morale chrétienne en France, celle de la société biblique en Angleterre,
et celle d'une multitude de sociétés philanthropiques chez
toutes les nations européennes.

(2) Il doit être établi aussi une classe de légistes dans
l'Académie des sciences; car la société a besoin d'être sou-
mise à des règles fixes pour les rapports d'intérêt entre ses

Il ne sera pas plus extraordinaire de voir des musiciens, des peintres et des sculpteurs dans l'académie destinée à perfectionner les sentimens, qu'il ne l'est aujourd'hui de voir des opticiens, des horlogers et des fabricans d'instrumens dans l'académie des sciences physiques et mathématiques. Les faiseurs de théories ne doivent point être séparés de ceux qui se distinguent dans les principales applications. Nous aurons occasion de prouver plus tard que l'académie des sciences devrait appeler dans son sein un beaucoup plus grand nombre de mécaniciens pratiques.

D. *Par qui l'académie des sentimens sera-t-elle nommée?*

R. La première nomination doit être faite par le Roi, et le remplacement des membres après la première formation doit être proposé à Sa Majesté par l'académie des sentimens, ainsi que cela se fait aujourd'hui pour l'académie des sciences.

---

membres, de même que pour ceux de leurs sentimens réciproques ; et il faut une capacité et des études particulières pour faire de bons règlemens dans l'une et l'autre partie : ainsi ce sont les légistes qui, ayant reçu une éducation spéciale à cet égard, se trouvent les plus capables de faire dans toutes les directions la partie réglémentaire du travail.

D. L'établissement de ces deux académies indépendantes l'une de l'autre, et mises sur le même pied d'importance politique, nous paraît bon et utile. Il est certain que la société a également besoin que ses sentimens et que ses idées soient bien coordonnés et qu'ils soient soumis à de bons règlemens généraux, c'est-à-dire à de bonnes lois ; mais ces deux académies seront rivales, et il résulte de la nature des choses que celle chargée de perfectionner le code des sentimens travaillera à soumettre le code des intérêts à celui des sentimens, et vice versa. Qui est-ce qui maintiendra la balance entre ces deux académies? La formation d'une institution scientifique suprême n'est-elle pas nécessaire pour atteindre à ce but?

R. Certainement l'établissement d'un collége scientifique royal ou suprême est indispensablement nécessaire ; les fonctions de ce collége consisteront à coordonner les travaux de l'académie des sentimens et ceux de l'académie des raisonnemens. Ce collége s'occupera à fondre, dans une même doctrine, les principes et les règlemens produits par les deux académies; il s'occupera à former d'abord et à perfectionner ensuite la doctrine générale qui servira de base à l'instruction publique de toutes les classes de la société, depuis celle des individus les plus complètement prolétaires jusqu'à celle des citoyens les plus riches (1); il s'occupera également à former le code des lois générales qui seront les plus avantageuses à la majorité.

Le collége scientifique royal sera certainement la plus importante de toutes les institutions sociales, puisque c'est ce collége qui dirigera d'une manière suprême l'action générale de la société; il semblerait donc que l'établissement de ce collége devrait précéder celui de toutes les autres institutions; mais il résulte de la nature des choses que la formation de l'académie des sentimens et celle de l'académie des raisonnemens doivent précéder celle du collége scientifique suprême, par la raison que les hommes les plus capables en élaboration des sentimens ou en coordination des raisonnemens sont les seuls en état de bien juger quels sont les savans qui réunissent au plus haut degré ces deux genres de

_____

(1) Les riches jouiront toujours de l'avantage sur les pauvres de pouvoir consacrer plus de temps à leur instruction; ainsi la doctrine générale leur sera enseignée avec plus de développement qu'aux pauvres. Mais l'instruction de la classe la plus pauvre sera poussée assez loin pour que les riches ne puissent pas abuser à leur égard de la supériorité de leurs connaissances.

17

capacités, et la conséquence de ce résultat est évidemment que les membres du collège suprême ne peuvent être bien choisis que par l'académie des sentimens et par celle des raisonnemens, réunies en une seule assemblée pour effectuer cette nomination.

Les savans, nommés par l'académie des sentimens et par celle des raisonnemens pour composer le collège scientifique suprême, s'adjoindront les légistes les plus capables, et ils leur confieront le soin d'imprimer à la doctrine générale qu'ils produiront le caractère réglementaire; ils s'adjoindront aussi les politiques pratiques qu'ils jugeront capables de leur donner des avis utiles, et ils en choisiront dans toutes les branches de l'administration publique, afin de pouvoir être éclairés sur tous les points et de pouvoir se procurer des renseignemens de tous les genres; ainsi ils en prendront dans le département de l'intérieur, dans ceux des relations extérieures, de la guerre, de la marine, des finances, de la police, etc.

Quand les industriels auront obtenu du Roi, d'abord qu'il veuille bien confier aux plus importans d'entre eux le soin de faire le projet du budget; quand ils auront obtenu ensuite de S. M. qu'elle ordonne l'établissement des trois collèges scientifiques dont nous venons de parler, la société se trouvera organisée d'une manière proportionnée à l'état présent de ses lumières et de sa civilisation; elle se trouvera organisée aussi bien que l'espèce humaine puisse l'être pour satisfaire tous ses besoins moraux et physiques; car ces quatre institutions composent les dispositions fondamentales de l'ordre social le plus favorable à la production et à la coordination de ce qui peut être le plus utile aux hommes sous tous les rapports moraux ou physiques.

Enfin, quand cette organisation sociale sera établie en France, la célèbre prédiction faite par les pères de l'église ne tardera pas à se réaliser; une même doctrine sociale deviendra commune à toute l'espèce humaine, on verra tous les peuples adopter successivement les principes que les Français auront proclamés et mis en pratique.

Les idées que nous venons de présenter étonneront d'abord, elles ne seront pas adoptées immédiatement; mais les bons esprits ne tarderont pas à reconnaître que notre projet d'organisation sociale est déduit immédiatement de la marche de l'esprit humain, et que son adoption est une conséquence forcée des précédens politiques de la société européenne.

Jusqu'à ce jour la sainte-alliance, les gouvernemens de France, d'Angleterre et d'Amérique,

les partis politiques qui se sont formés depuis
le commencement de la révolution, ainsi que
les publicistes qui ont émis leurs opinions depuis
cette époque, n'ont discuté que des questions
d'une importance secondaire; ils ne se sont fortement occupés que des événemens du jour;
aucun d'eux ne s'est placé à un point de vue assez
élevé pour saisir l'ensemble des choses. Le premier travail à faire pour sortir du labyrinthe
dans lequel sont entrés tous les hommes qui
s'occupent de haute politique par profession ou
par attrait, consiste à résoudre les trois questions suivantes d'une manière telle que tout
homme, possédant une instruction ordinaire,
puisse en apprécier la solution.

Voici ces trois questions:

1°. Quel est le moyen de terminer complètement la crise actuelle? Quels sont les principes
d'organisation sociale qui conviennent à l'état
présent des lumières et de la civilisation?

2°. Quelle est la véritable cause, c'est-à-dire,
la cause la plus générale de la crise qui agite,
depuis plus de cinquante ans, les Européens qui
habitent l'Europe, ainsi que ceux qui sont pas-
sés en Amérique?

3°. Quelles sont les mesures qui ont été prises
depuis la guerre qui a eu pour résultat l'indé-
pendance des colonies anglaises de l'Amérique

septentrionale, qui ont facilité les moyens de terminer la crise qui agite les Européens depuis plus d'un demi-siècle? Quelles sont celles qui ont rendu cette terminaison plus difficile?

D. Allez au fait, mettez toute critique de côté; ce qui nous intéresse, ce que nous désirons savoir, c'est, si vous êtes parvenu à faire le travail qui a été jusqu'à ce jour inutilement entrepris par la sainte-alliance, par les gouvernemens de France, d'Angleterre et d'Amérique, par tous les partis politiques qui se sont formés depuis le commencement de la révolution, et par tous les publicistes qui ont émis leurs opinions depuis cette époque. Nous allons vous interroger sur les trois questions que vous avez posées.

Nous vous demanderons d'abord, non pas de nous dire quelles sont les institutions qui doivent servir de base à la nouvelle organisation sociale, puisque vous venez de nous exposer vos principes à cet égard; mais nous vous prierons de résumer ce que vous venez de nous dire, afin de nous mettre en état de saisir d'un coup d'œil l'ensemble de votre système.

R. Voici notre réponse à votre première interrogation; elle mérite de fixer toute votre attention, car elle est un résumé relatif à la question la plus importante que vous puissiez nous adresser.

« La royauté héréditaire dans l'ordre de pri-
» mogéniture est l'institution fondamentale des
» grandes sociétés politiques actuelles.

» Le collége scientifique suprême, composé
» de la manière que nous avons indiquée ci-
» dessus, forme le conseil initiatif de S. M.

» Les projets arrêtés dans le conseil initiatif
» sont envoyés à l'examen de l'académie des
» sentimens et de l'académie des raisonnemens.

» Ces projets, après avoir été examinés par
» l'académie des raisonnemens et par celle des
» sentimens, sont présentés, avec les observations
» faites par ces deux académies, au conseil admi-
» nistratif suprême.

» Le conseil administratif suprême se compose
» des industriels les plus importans. Ce conseil
» est composé des industriels : d'abord, parce
» qu'ils sont, de tous les Français, ceux qui ont
» fait preuve de la plus grande capacité en admi-
» nistration; ensuite, parce qu'ils sont les repré-
» sentans naturels de la classe industrielle qui
» forme l'immense majorité de la nation.

» Ce conseil est chargé de faire tous les ans le
» projet de budget, et de vérifier si les ministres
» ont employé convenablement les sommes qui
» leur ont été accordées par le budget précé-
» dent.

» Ce conseil alloue dans son travail sur le
» budget, les sommes qui lui paraissent conve-
» nables pour l'exécution des projets qui ont été
» soumis à son jugement, et dont la réalisation
» lui paraît utile.

» Le projet de budget ainsi élaboré, est remis
» au conseil des ministres, qui, d'après les
» ordres du Roi, le présente aux chambres et en
» poursuit l'exécution dans tous les détails. »

D. Ce résumé est très-clair ; toute personne qui prendra la peine de le lire comprendra très-facilement votre système; mais il ne suffit pas que votre système soit compris, il faudrait qu'il fût approuvé et adopté : or, pour atteindre à ce but, il est nécessaire que vous prouviez ce que vous avez annoncé quelques lignes plus haut; il est nécessaire que vous fassiez voir que ce système se déduit directement de la marche de l'esprit humain, et que son adoption est une conséquence forcée des précédens de la société européenne.

R. L'école de Socrate a senti plusieurs vérités très-importantes.

Elle a senti que l'homme possédait deux capacités bien distinctes, quoiqu'elles fussent intimément liées entre elles, savoir : d'une part la capacité d'éprouver, de produire, d'élaborer et de coordonner des sentimens; de l'autre celle

de concevoir, de produire, d'élaborer et de coordonner des idées. Elle a senti que le développement de ces deux capacités exigeait des travaux distincts, et qu'ils devaient être l'objet des
occupations de deux écoles séparées ; enfin
elle a reconnu que le développement des sentimens devait s'opérer d'abord avec plus de rapi-
dité que celui des idées, en conséquence, cette
école s'est principalement occupée de l'établissement des principes de la morale.

Socrate s'est aperçu que les principes de la
morale devaient être présentés aux hommes
avec l'appui de l'autorité divine ; il s'est aperçu
que la croyance à plusieurs dieux était très-
favorable au développement des passions de tous
les genres, mais qu'elle s'opposait à la subalter-
nisation de toutes les passions à l'égard de celle
du bien public ; en conséquence, Socrate a proclamé l'unité de Dieu.

L'école de Socrate a reconnu aussi, d'une part,
que la philosophie ne pourrait être cultivée
d'une manière régulière et continue qu'à l'époque où l'école sentimentale et où celle des raisonnemens auraient faits de grands progrès, et
lui auraient fournis des matériaux assez abon-
dans pour lui procurer un grand nombre de
comparaisons et de combinaisons à exécuter ;
elle a reconnu d'une autre part, que les hommes

ne pourraient établir une organisation sociale directement avantageuse à la majorité, qu'au moment où les lumières répandues par l'école des sentimens et par celle des idées seraient suffisamment parvenues dans les dernières classes, pour que l'esclavage pût être sans inconvénient complètement anéanti.

Nous ne commencerons pas l'histoire des précédens de la société européenne avant Socrate, parce que c'est seulement depuis cette époque que les progrès de la civilisation se sont suivis sans interruption, parce que Socrate est le premier qui ait lancé l'esprit humain vers un but tel que le résultat des travaux commencés par ce philosophe, dût être nécessairement l'établissement de l'organisation sociale la plus directement avantageuse à la classe industrielle, qui est la plus utile et qui forme l'immense majorité de la société.

D. *Socrate est mort depuis vingt-quatre siècles, l'histoire des progrès de l'esprit humain depuis l'apparition de ce grand homme jusqu'à ce jour, est une base d'observation suffisamment large pour servir d'appui aux raisonnemens que vous voudrez établir; ne craignez donc pas de reproches relativement à la brièveté de cette série, rendez ses principaux termes bien saillans, et si vous parvenez*

ensuite à déduire d'une manière claire, sim-
ple et naturelle les dispositions fondamentales
de la nouvelle organisation sociale que vous
venez de nous présenter, vous trouverez tous
les hommes de bien, dans quelque position
que le hasard de la naissance les ait placés,
disposés à adopter votre opinion, c'est-à-dire
votre système.

R. Nous partagerons l'histoire de la civilisation, depuis Socrate jusqu'à nos jours, en deux
parties égales : chacune d'elles comprendra
douze siècles. La première commencera à Socrate, et se terminera à l'époque où les Arabes,
après avoir traduit les ouvrages d'Aristote, et
après les avoir remis en honneur, se sont livrés
à l'étude des sciences physiques et mathématiques. La seconde renfermera ce qui s'est passé
de plus important en civilisation depuis Haroun-
Haralchid et Almamoun jusqu'à ce jour.

D. *Donnez-nous la première partie de cette*
histoire, c'est-à-dire, rappelez-nous ce qui
mérite le plus d'être remarqué dans la mar-
che de la civilisation depuis Socrate jusqu'au
règne d'Almamoun et de Charlemagne.

R. Avant d'entrer en matière, nous devons
vous présenter quelques observations ayant
pour objet de vous faire connaître le caractère
particulier de chacune des deux parties de

l'histoire de la civilisation depuis l'apparition de Socrate. Ces considérations préliminaires faciliteront infiniment l'intelligence du grand fait que nous allons constater ; fait qui est aussi important en politique que celui de la gravitation universelle en astronomie ; fait qui n'a point encore été directement observé : fait enfin qui servira plus tard de base à toutes les combinaisons politiques, de même que celui de la gravitation universelle sert d'appui à tous les calculs astronomiques.

L'école de Socrate s'est trouvée complètement anéantie sous le rapport des travaux de philosophie générale au moment même de la mort de son fondateur ; et, chose très-remarquable, il n'a point paru depuis cette époque de véritable philosophie ; il n'a point existé d'école vraiment philosophique ; c'est-à-dire, aucun homme, aucune école, ne s'est livré en même temps à l'étude de l'homme physique et de l'homme moral, en accordant une égale attention à l'une et à l'autre de ces études. Mais peu d'années après la mort de Socrate, son école a été remplacée, sous le rapport scientifique, par deux sous-écoles, dont l'une s'est essentiellement occupée de l'homme moral, tandis que l'autre s'est particulièrement attachée à l'étude de l'homme physique. La première a principalement travaillé à perfectionner les relations sentimentales ; la seconde s'est particulièrement livrée à des observations de physique, à la coordination et à la systématisation de ces faits. Platon s'est placé à la tête de la première, qui a pris le nom d'académie. Aristote a été le fondateur de la seconde, qui s'assemblait sous le portique, et dont les élèves ont pris le nom de péripatéticiens.

Or le grand fait historique que nous désirons énoncer, avant de commencer la récapitulation des progrès de la civilisation depuis Socrate jusqu'à ce jour, est que, pendant les douze premiers siècles, ce sont les *platoniciens* qui ont le plus contribué aux progrès de la civilisation, et que, pendant les douze derniers siècles, ce sont les *aristoticiens* qui ont joué le rôle le plus important dans l'histoire des découvertes de l'esprit humain ; d'où il résulte que les savans ont été principalement spiritualistes pendant la première partie de la grande période philosophique que nous allons récapituler, et matérialistes pendant la seconde moitié de cette époque ; d'où nous concluons que la capacité de l'esprit humain en spiritualisme et en matérialisme (1) est

---

(1) Par l'expression *spiritualisme*, nous avons l'intention de désigner l'étude de l'homme moral, ainsi que la tendance des moralistes à subalterniser l'homme physique

égale, qu'il y a des découvertes également importantes à faire dans l'une et l'autre de ces directions, que le développement de ces deux capacités contribue également aux progrès de la civilisation, et que la véritable philosophie consiste à faire concourir dans une égale proportion les connaissances sur l'homme moral et celles sur l'homme physique à la combinaison d'une bonne organisation sociale.

à l'homme moral, et nous ne voulons pas désigner autre chose.

Par l'expression *matérialisme*, nous entendons désigner l'étude de l'homme physique, ainsi que la tendance des physiciens à subalterniser l'homme moral, et nous ne voulons pas désigner autre chose.

Cette déclaration nous a paru nécessaire pour nous mettre à l'abri de tout soupçon d'avoir eu l'intention de parler avec éloge de la métaphysique, en la désignant par l'expression de *spiritualisme*. Notre opinion à cet égard est que cette branche de nos connaissances n'a jamais eu qu'une utilité provisoire; que c'est aujourd'hui une direction bâtarde, fausse, absurde, puisqu'elle tend à faire jouer un rôle plus important aux idées conjecturales et même entièrement vagues qu'aux idées les plus positives; que par conséquent la philosophie positive doit combattre la métaphysique et la discréditer autant que possible.

Platon, et même Aristote, ont mêlé beaucoup de travaux sur la métaphysique à leurs travaux d'une utilité positive; mais ils étaient excusables, attendu le peu de connaissances positives qui existaient encore à cette époque.

D. *Cessez de nous occuper d'idées préliminaires ; entrez en matière ; récapitulez les
progrès faits par l'esprit humain en morale
pendant les douze premiers siècles qui se sont
écoulés depuis la mort de Socrate, et prouvez-
nous que, pendant cette première partie de la
grande période philosophique, l'école sentimentale ou platonicienne a plus contribué
aux progrès de la civilisation que celle des
péripatéticiens, qui était essentiellement occu-*

Aujourd'hui les physiciens ont épuré leurs travaux et les
ont entièrement débarrassés des considérations métaphy-
siques, ce qui leur donne un très-grand avantage sur les
moralistes qui, en général, noient leurs idées dans un
fatras de considérations vagues.

Les moralistes ont incontestablement le droit de se placer
sur le pied d'égalité fondamentale à l'égard des physiciens ;
ils peuvent même jouer, dans les circonstances actuelles,
un rôle plus important qu'eux, attendu que l'étude de la
morale a été négligée depuis douze siècles ; ce qui rend
les découvertes plus faciles dans cette direction que dans
celle de la physique ; mais c'est à la condition qu'ils pré-
sentent leurs observations sur les effets produits par les
sentimens généraux ou particuliers, tant sur la société que
sur les individus, avec une grande clarté et entièrement
dégagées de toute métaphysique.

Dans la seconde partie de ce cahier nous ferons nos
efforts pour indiquer aux moralistes la manière dont ils
doivent exposer leurs idées pour reprendre dans le corps
des savans la place qu'ils ont droit d'y occuper.

pée de l'étude des lois qui régissent l'univers physique.

R. Platon fait dans la direction morale et sentimentale un pas capital en avant de son maître; il agrandit la base de la doctrine socratique. Socrate avait proclamé l'unité de Dieu; Platon s'aperçoit que, pour faciliter les combinaisons des moralistes, ainsi que l'exposition de leurs doctrines, il est nécessaire de diviser l'unité divine; en conséquence il proclame l'existence de la Trinité.

Après la mort de Platon, l'école sentimentale dont il était le directeur, se divise en plusieurs écoles qui s'attachent toutes à combattre la croyance au polythéisme, et à former un code de morale fondé sur la croyance en un seul Dieu divisé en plusieurs personnes, ou plutôt considéré sous les rapports de ses différens attributs.

Quand les Romains eurent fait la conquête de la Grèce, les *platoniciens* se réfugièrent à Alexandrie. Arrivés à Alexandrie, ils se combinent avec les juifs qu'ils y rencontrent, et ils fondent l'école chrétienne.

Dans le christianisme, à la formation duquel les *platoniciens* et les Juifs concoururent, le culte des Juifs et la doctrine des platoniciens furent amalgamés, et c'est à cet amalgame qu'on a donné le nom de christianisme.

L'exaltation sentimentale fut poussée au plus haut degré par les fondateurs de l'école chrétienne ; leur zèle, leur amour pour le bien public furent plus dominans chez eux que dans aucune corporation dont l'histoire ait fait mention. Il s'établit dans l'école une division de travaux ; les uns eurent pour objet de classer toutes les actions que les hommes pouvaient commettre, en bonnes ou mauvaises, en utiles ou nuisibles à leurs auteurs et à la société, en agréables ou désagréables à Dieu. Les autres travaux consistèrent à propager la morale chrétienne ainsi que le culte auquel elle était liée. Ceux qui s'adonnèrent à la première classe de ces travaux s'enfoncèrent dans les déserts de la Thébaïde pour se trouver à l'abri de toute distraction dans leurs travaux pour le perfectionnement de la morale chrétienne, et pour la partie réglémentaire ou législative de cette morale. Le plus grand nombre des premiers docteurs de la chrétienneté se livrèrent à la propagation de la religion chrétienne, religion admirable, qui a prouvé sa supériorité sur toutes les autres, et même sa supériorité absolue, puisque les peuples qui l'ont adoptée sont les seuls dont le sort se soit continuellement amélioré, les seuls chez lesquels l'esclavage se soit successivement adouci et ait fini par s'anéantir.

Le premier cahier de ce Catéchisme
a paru en Décembre 1823.
Le Deuxième cahier en mars 1824.
Le troisième cahier en avril 1824. [X]
Le quatrième cahier en

ce quatrième cahier n'a jamais été
terminé, et le présent Volume
renferme tout ce qui a été publié du
Catéchisme des Industriels.

A. J.

[X] cette partie du travail de M. A. Comte
avait paru pour la première fois en
avril
~~mars~~ 1822.

1285

www.ingramcontent.com/pod-product-compliance
Lightning Source LLC
Chambersburg PA
CBHW061652180626
46818CB00003B/1065

* 9 7 8 2 0 1 1 3 3 4 0 5 3 *